わたしを愛してほしい。

空がないてる
地球が叫んでる

誰も気づかない
それとも
気づかないフリ

泣いているのはアナタ
叫んでるのもアナタ

気づこう、
この声に。

生まれてきて、よかった。
と、ワタシはいう。

生まれてこなければ、よかった。
と、わたしがいった。

生まれるってなに？
生まれてくるって、なに？

同じ地球人だけど、
命の層が違うみたい、この時代は。

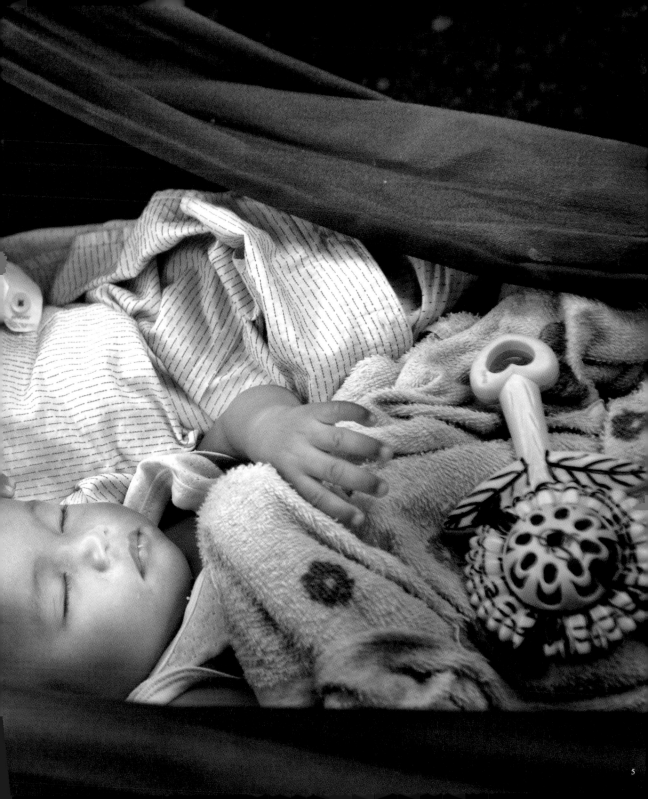

ふと、足元をみた。
そこは地獄の花畑。

ここがひまわり畑なら、
わたしは生きていられたのに。

自由ってなに？
自由を知りたかった。

うみだすのが人間なら壊すのも人間だと。

苦しい。
心の中で聞こえる 叫び声。
息をするたびに 外へ出ようとする悲痛。
すがることをしらない
助けてといえない
気がつくと自分で自分自身を殺している。

苦しみのなかで溺れて
悲劇のヒロインを演じてるんじゃない
その前にヒロインにすらなれてない
素直に生きることが一番難しい。

溢れる涙と鼻水。
可愛くない泣き顔。

誰も知らない顔だ、いまの私。

つらい時に辛いと叫んでやりたい
いくら息を止めても　止めきれない。
また息をしてしまうこの心臓
一思いに刺して
ころしてよ、だれか

この感情を殺して

すべてが綺麗すぎる。

きらいだ。

すべてが無関心すぎる。

きらいだ。

今がきらい。

いまが大嫌いだ。

わたし、私がきらい。

神さまっているの？
いないでしょう。

本当に神さまがいたら
貧困も戦争も災害もおこす？

神さまが本当にいたら
見捨てたりしない。

神さまが本当にいるのなら
どうして罪のない人が苦しむの？

神さまはずっと助けてくれない。

だからね
わたし知ってるよ、
神さまが、いないってこと。

影をおいかけた。
誰の影かも、わからずに。

ただただ追いかけた。

なぜだろう。
足元の影は安心する。

ね、影さん
アナタは誰のもの？

私の友達？

わたしの家族？

ワタシ自身？

答えは私の目の中。
だからね、
今日も探してみた。

大切な影を。

いいことも
わるいことも
均等にはこない。

どうせなら
いい事であふれて欲しい。

そんな本音も
神さまには、届かない。

いや、違う。
あえて試練という名の遠足なんだ
と神さまはいう。

冒険をしなさい、と。

でもね、
冒険の仕方がわからない。

支配じゃない
認め合うことだと皆は言うけど、

あわせる意味がわたしには
わからなかった
だって
そこにつねにある光

手を差し伸べたら
届いていた光。

いまは暗闇のなかで
うろたえてる貴方が愛しい。

ね、動いてごらん。
いまは、
足跡が残るでしょ?
ちゃんといるでしょう?
ここにじぶんのかげをみつけてごらん。

たえまなくひろがる、うみのそら。

境界線のないいまがちゃんとあるきがして。

空に向かってジャンプした
空に向かって叫んだ
けど、
空はワタシを抱きかかえてはくれない。
そう、
空はワタシの問いには答えてはくれない。

近くて、遠い空。
遠くて、冷たい空。

好きだけど、
なぜか、最近は嫌い。

自由を見せつけてくる、空。

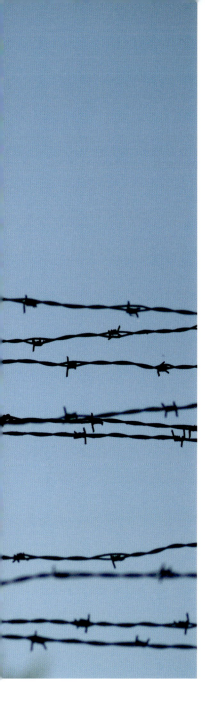

空も大地も可哀想。

誰かの損得で
国境ができた。

地球には傷跡が多い。

人間が作った落とし穴
落ちていくのはわたし達。

玄関先でずっと待ってる。

人が通るたびにドキドキしながら
ずっとね、待ってるんだよ。

お父さんとやる事リスト。

自転車のこぎ方、
公園で追いかけっこ、
お絵描きにお昼寝。

お父さんの香り。
どんなのだった？
いつのまにか忘れちゃったから。

玄関先で、待ってる。
お父さん早く帰っておいで。

もう7年たったよ。

どこかで、
家族とはぐれた小さなこ。
どこかで、
置き去りにされた小さなこ。

塀の向こう側では
いつも自由が遊んでいる。

塀のこちら側では
いつも孤独が泣いていた。

わたしの家はどこですか？

ただいま というと
おかえり という。

大好きだよ というと
お母さんも という。

あの日から

ただいま というと
おかえり と私がいう。

大好きだよ というと
お母さんも と私がいう。

お母さん、どこ？ というと
ごめんね、ひとりにしてと。

空が高すぎて。
おちてゆく。
空から真っ逆さまに。

空ってこんなに高かった？
高すぎて、私には。

羽がないの。
小さいときには、
あったようなきがする。
飴細工の羽。
綺麗だったの、最初は。
キラキラしていて
誰もがうらやましがる羽。

けど、
お腹を空かせた人に、分け与えた。

喜んで欲しくて、
必要とされることが快感で。

自分のために生きてるというより
他人のために生きてしまった。

けど、
与えすぎた、無条件に。
そして羽がなくなっちゃった。

与えられなくなったら、
人もいなくなった。
ひとりぼっちでたたずんでいた。

その日から私は牢獄へ。
自分でつくった砦に。
潮風にふかれ、
歳月を経て。
崩れかけている、私の居場所。

ね、手がない。

握り返してくれる 手がないの。

小さい頃からひとりぼっちのわたしの手。

相手が欲しいな。

相手という 愛 の 手。

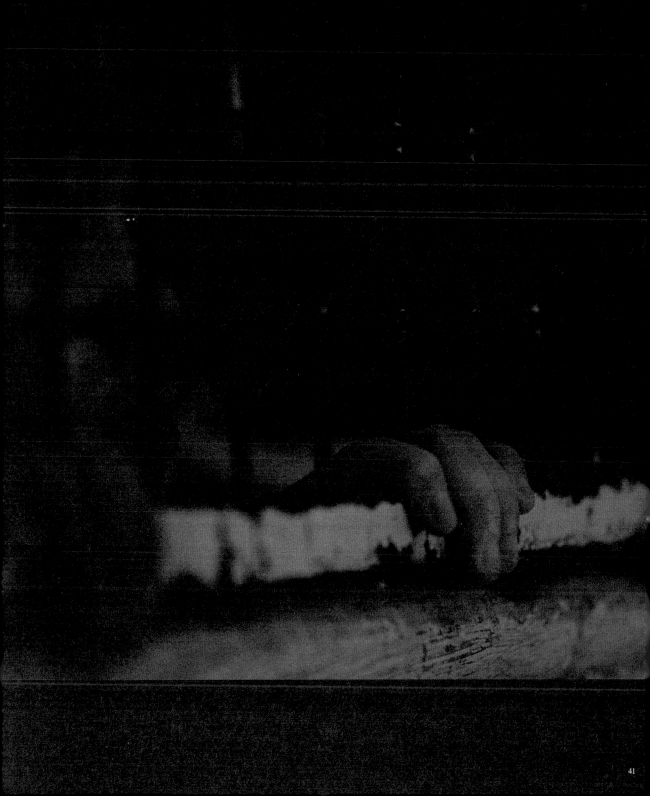

母よ　彼に聞いてくれ

母よ、私の手を取ってくれ　なぜなら私は何も感じない
私の手を　その温かな慣れ親しんだ手で握りしめてほしい
立ち上がるから　手を取ってくれ
なぜなら　耐えられないくらい　感じているから
立ち上がって　歩き出さなければならないと
そうでなければ　優しさにあふれたその胸に　頭を抱いてほしい
母よ　ああ、母よ　そばにいると感じる
灰色の台所の　窓ガラスの向こうに　見えるくらいに近くにいるようだ
私の心は　近ごろほとんど締め付けられることがない
感じるのは痛みがあること　苦痛があること
自分の中に秘密を隠し持っている
この秘密を語ることはない

母よ　私の心と語ってくれ、彼に聞いてくれ

彼に何が起きたのかと

彼に聞いてくれ

いったいどんな痛みが　彼をこれほどまでに哀しませるのか

母よ　彼に聞いてくれ

ひどく求めている私のこの手に

彼に聞いてくれ

私の存在すべてに聞くのではなく聞いてくれ

いったいどんな秘密を隠しているのかを

母よ　私の心は疲れ切っている

手まで動かなくなってしまった

私からあらゆる力を奪い去っていく

感じるのだ

少しずつ　少しずつ　破滅と虚無に満ちた　深い渦へ飲まれていくのを

しんあいなる地球

あなたのいるところへ行こう
それだけでいい
私たちはみんな　この土から生まれた
それだけのこと
ただ　あなたに会いたくてたまらない
そんな願いを抱いて

この世界で瞼を開いたそのときから
息を引き取るその瞬間まで

地球　あなたのいるところへ、行こう。

息が、いきをしない。
心の中に地形はなく、
どこにいるのかもわからずに
わたしはひたすら

ね、ね。

と呼びかけてる。

誰に？
さ、誰になんだろう。
誰かに呼びかけてる。

わたしの
ね、ね。は、今日もどこかを旅してる。
息を忘れた言霊として。

こうも言葉が無音になると
声にならない痛みになる。

いたみは見えるものだけじゃない

どんなにあがいても
どれほど叫んでも

誰かを目の前にしたら
全て引っ込んでしまう。

長年生きていくと
さらけだすより
隠すほうが器用になる。

窓の外は明るいのに
なぜかな私の中はいつも
色彩が現代とことなる。

聞こえてる？

この声、アナタには、
きこえていますか？

生きてるんだ、
ここで。

わたしは生きてる。

息をする度に、浸透していく、毒の塊。
いっそのこと連れ去ってくれたら
楽になれるのに
ジワジワと心を腐敗させる。

くずれていくのは空なのか
わたし自身なのか。
アナタなのか。
わからない。

毎晩 見上げるそら。
毎晩話しかける、月。

すぐ近くにはいても
触れられずに
突き放されていく

冷たい関係。

歩いている場所には道がない。
後ろにはあるのに 前にはない。

歩けないのは道がないからじゃない
歩けないのは足を失ったから。

毒されて、いそう。

普通に憧れた。

けど、
普通ってなに？

ダレ基準の ふつう ？

わたしには私のペースがある。
アナタにも貴方の基準がある。

それで、いい。

普通なんて、ないの。

あさがきて
よるがくる

よるがきて
あさがきた。

すべてを鮮やかにみせる朝
すべてをなかったことにする夜

さらけだす朝
隠し通す夜

真っ裸な月。

旧友へ。

私は 今となってはもう死者の一部
誰も私の消息を 知ろうともしない

世界の向こう側まで行ってしまおう
そこでなら再び 安らぎを取り戻すかもしれない

私という旧友の消息を、尋ねるとしよう。

目が嫌いだ。
みたくないものまで
みせつける、目が嫌い。

目が嫌いだ。
光をみせつけて
光には触れさせない。

目が嫌いだ。
哀れんだ目で見る大人。

目が、目が、
結局は嫌いになれない。

なぜならこの目が、
未来を期待させるから。

みてみたい、未来を。

わたしは目をとじる
瞼の奥側にあるのは
アナタの優しさ、
あなたの美しさ。

わたしはアナタの心が傷つく事も
あなたがこの世界に絶望する事も

望まない。

ワタシが目をとじる
瞼の時計台で待っているのは
大好きなアナタと
駆け寄るワタシ

あなたの幸せな香りと
途絶えない笑顔。

わたしが目を閉じれば、
そこにはアナタとワタシがいる。
幸せに笑っている未来の光景。

瞼の奥では今夜も、
未来が映し出されている。

夜を見上げた。

なんにもなさそうで
なんかありそうで
すべてを見届けている、よる。

目視の夜。

ふと、
夜空を今日も見上げた。

光るのは星？
流れていくのは、流れ星？

星であってほしい。
人の命を奪わない夜の輝きであって欲しい。

夜は終わりの鐘じゃない。

夜は始まりの瞬間。

そう、終わりはなく
明日が生まれてくる予兆。

はじまりの産声と静寂の星々。
それが地球の夜。

人生は悲しみの一滴から、
新たな生命を生み

山々は小さな岩から
うまれてくる

わたしはアナタの視線から、
生まれてきた。

生きるのに疲れたとき
明日を迎えるのが
辛い時

ふと、下をみた。

まだ地に足がついてる。

あれ、大丈夫みたい
まだやれるみたいね。

走り出した

草原を走り抜けた

太陽の中へ。

走り出した
草原を走り抜けた

太陽の中へ。

昔はよく泣いた。

ないてないて、
また泣いた。
鼻水たらしてさ、
泣いたよ。

今はよく笑うよ。

笑ってわらって、
また笑う。
小ジワだらけでも、
笑うよ。

ちゃんと生きて、
生き抜くの。

真剣に生きて

私たちの分まで生きて。

わたしにできない事も
アナタならやれる事がある。

視線と視点。

水滴がみえる。
鱗のような水滴。
ポツポツ息をして、
コチラをみている。

小さな視点だ。

今日はおめかし、
デート気分の空。

いいね、
やっぱり恋をすると
みんな綺麗になる。

愛をしると、
世界はもっと綺麗だ。

ね、恋してる？

笑って、泣いて　　　　　遠くをみているとき
好きになって　　　　　　エクボをみせて笑うとき
泣いて、笑って　　　　　疲れているとき
好きが愛情を産む　　　　無邪気に話をしてくれるとき
　　　　　　　　　　　　弱音を吐き出してくれるとき
心の表情
私の感情　　　　　　　　心を開いてくれるとき
貴方と出会えて　　　　　鋭い目をしたとき
アナタは私にとって　　　悲しい目のとき
綺麗で繊細な　　　　　　怒っているときでも
居心地のいい居場所。　　すべて
私はアナタを　　　　　　一瞬の光景を見逃したくないほど
アナタを私はみている　　アナタを紡ぎたい

いつのまにか、
空の身長がのびたらしい。
どんどん高くなっていく空。

大きくなった空。

いつのまにか、
わたしの背中がまがったらしい。

小さくなったわたし。

そっか、
わたしが小さくなったのね。

背筋を伸ばすこと
胸を張って生きる事を教えてくれたのは、
いつも眺めていた 小さな空 だった。

空が流した涙を、
大地が受け止める。

無駄にならないよ、
その悔しい涙。

足元をみて、

落ちた涙の跡には、
花が咲くの。

悔しい事は栄養の源。

どんどん、泣こう。

夢は必ず叶うもの。

これは嘘。

叶わないこともある。

これは本当。

けど、
違った形で誘導はしてくれる、
あなたのいくべき道へ。

理想と現実は違う。
突きつけられた現実は
嘘をつかない。

理想という土台を踏み台に
現実の角度を探る。

ゴールはこない。
自分で地図をかいてるんだから。

答えは最後の日に出る。

どこかで
そう
どこかで
原点の音を探す。

そう
どこかで
どこかで
みんな

音のように跳ねている。

そう
今日もどこかで
音がおどりだす。

通り過ぎていく景色
走り過ぎていく光景。

つかまえていた夏
人ごみの中、
握っていた時間と空想。

振り返っても
違う場所で生きてきた目線。

会えないという日々に
会えないという偽りに。

感情豊かな桜が舞い上がる
どこかへ行く当てがあるのでもない
小さな小綺麗な花弁。

声帯のないコトバで
彼方にといかける。
聞いてほしい言葉があるの。

届かないのかもしれない
けど忘れる前に
消えてしまう前に
あなたは私を愛してくれた。
今までにないぐらい
愛してくれたのあなたが初めてだった。

私の魂は泥の中で
ひたすら待ち続けていた。
救われることを。

救われるってなに？
そう自問自答していた幼少期。
救ってくれる？
そう悲願した20代。

けどわかった。
ちがう、わたしは救いは求めてない。

ただ会いたいの、
私はわたしに。
わたしとの再会をはたしたい。
途中で置き去りにした、わたしを。
失ってから私は世の中と馴染むため
つねに道化師を演じてきた。
あなたは云うだろう。
受け止める。
どんな私でも愛しぬくと。
でもね、私自身がしらない
わたしを。

だから彼方の願いを叶えられない。
そうあなたに伝えたら
わたしを待たないで
あなたが欲する私でなかったら
あなたの去っていく姿がみえて。
大好きな大きな背中
愛しいあの声も
みえなくなる
きこえなくなる
涙がほおをつたる。
なまぬるい涙。

この言葉は闇の中でしか
生きられない。
あっというまに乾く涙の道筋。
あなたが振り返った時には
わたしはもういない。

よるの暗闇にきえている。
一箇所にたまった水溜り。
そこに、私いたのかもしれない。

そこにしずむのは、私。
のみこまれたコトバ。
声帯のないコトバ。
そこにわたしはいた。
声帯のない、私がそこにはいる。

声帯のないコトバ。
ね、この声が聞こえている?
感じとれている?

ね、あなたの目の前にいるのは違う。
ね、あなたが触れたその声じゃない。

わたしはここ。
ここにいるの。
すぐそばにいるのに
この吐息の中で
あなただけをみている。

美しい白馬が大空を駆け上がり
恵の種が雨となって大地へ
地球を潤していく
花々は蜂たちに蜜を与え
日々新緑を芽吹かせる樹々たちよ
わたしの人生に眠る四季
春として、雨を求め
秋として、枯れ葉の言葉を探る
冬として、降り積もる雪と戯れ
夏として、太陽と眠る
わたしの中に眠る対話

太陽よ、
海が何色なのかを知っている？
海は夜になると茶色くなる
薄い茶色。

海よ、太陽よ。
わたしにとって
どんな形でもどんな色でも
この愛の形も強さも変わらない。

わたしに見える景色は
いま、アナタが発する言葉。

お前を愛している。

母という 海よ。

消したい過去を
溶かしたい現在を
見えない未来を

塗りつぶす
すべてを
白紙に戻す

地球の消しゴム。

冬が、すき。

空気が鋭く、
体に浸透していく、冬。

冬が、すき。

人肌が恋しい季節。
手を握っていたい、冬。

冬が、すき。

地球の皮膚を感じながら
わたしと、あなたを、感じる。

冬が、好き。

あなたが、大好き。

最後のページ。

手帳に日々、
綴っていった出来事。

手帳の最後のページ。

哀愁にみちた白紙のページ。
言葉は綴られてはいない。

けれど涙の足跡がいくつも、
いくつも残っていた。

最後のページ。

何を書こうとしていたの？
何をみていたの？

最後のページ。

白紙の上には、
アナタの吐息と涙。

声帯のない今日を生きた証。

最後は最初のページ。

あなた自身を、愛してほしい。

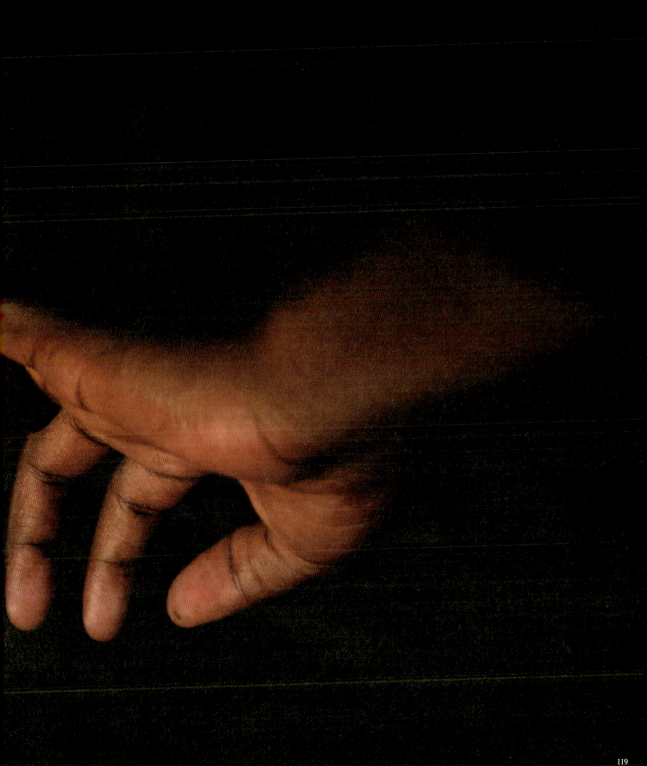

掲載写真撮影地

表紙	インド、テランガナ州	P.60	東京
P.2-3	岩手県陸前高田市	P.63	カンボジア、シエムリアップ
P.4-5	カンボジア、バッタンバン	P.64-65	インド、デリー
P.6-7	熊本県阿蘇郡西原村	P.66-67	ウガンダ、ブギリ
P.8-9	カンボジア、バッタンバン	P.68-69	岩手県盛岡市
P.10-11	カンボジア、バッタンバン	P.70	沖縄県、高江
P.12-13	東京	P.73	福島県南相馬市
P.14-15	カンボジア、シエムリアップ	P.74-75	カンボジア、プノンペン
P.16-17	ヨルダン、アンマン	P.76	カンボジア、プレイヴェン
P.18-19	シリア北部、ロジャヴァ	P.78-79	岩手県陸前高田市
P.22-23	イラク、クルド人自治区アルビル	P.81	ガーナ、アシャンティ州
P.26	カンボジア、プレイヴェン	P.82	カンボジア、バッタンバン
P.28-29	ポーランド、アウシュビッツ収容所	P.84-85	ウガンダ、エンテベ
P.30-31	ヨルダン、アンマン	P.86-87	カンボジア、プレイヴェン
P.32-33	イラク、クルド人自治区ドホーク	P.88	カンボジア、プレイヴェン
P.34	イラク、クルド人自治区ドホーク	P.90-91	福島県大熊町
P.38-39	イラク、クルド人自治区アルビル	P.92-93	岩手県陸前高田市
P.40-41	フィリピン、マニラ	P.94-95	和歌山県、高野山駅
P.44-45	イラク、クルド人自治区ドホーク	P.96-97	カンボジア、プノンペン
P.46-47	イラク、クルド人自治区ドホーク	P.105	カンボジア、バッタンバン
P.48-49	ヨルダン、アンマン	P.106-107	ガーナ、アクレ
P.50	イラク、クルド人自治区ドホーク	P.110-111	岩手県盛岡市
P.52-53	シリア北部、ロジャヴァ	P.113	岩手県陸前高田市
P.54-55	イラク、クルド人自治区ドホーク	P.114-115	熊本県阿蘇市
P.56	カンボジア、プレイヴェン	P.118-119	ウガンダ、エンテベ
P.58-59	カンボジア、プレイヴェン	P.120-121	シリア北部、ロジャヴァ

プロフィール

サヘル・ローズ

photo by 427FOTO

1985年イラン生まれ。8歳で来日。日本語を小学校の校長先生から学ぶ。舞台『恭しき娼婦』では主演を務め、映画『西北西』や主演映画『冷たい床』はさまざまな国際映画祭で正式出品され、最優秀主演女優賞にノミネートされるなど映画や舞台、女優としても活動の幅を広げている。第9回若者力大賞を受賞。芸能活動以外にも、国際人権NGOの「すべての子どもに家庭を」の活動で親善大使を務めている。

安田菜津紀

1987年神奈川県生まれ。Dialogue for People所属フォトジャーナリスト。東南アジア、中東、アフリカ、日本国内で難民や貧困、災害の取材を進める。東日本大震災以降は陸前高田市を中心に、被災地を記録し続けている。著書に『写真で伝える仕事−世界の子どもたちと向き合って−』(日本写真企画)他。上智大学卒。TBSテレビ『サンデーモーニング』にコメンテーターとして出演中。

あなたと、わたし

発行:	2018年12月10日　初版第1刷発行
著者:	サヘル・ローズ
写真:	安田 菜津紀
発行人:	石井 聖也
編集:	坂本 太士
発行所:	株式会社日本写真企画 〒104-0032 東京都中央区八丁堀3-25-10 JR八丁堀ビル6F TEL:03-3551-2643　FAX:03-3551-2370
印刷・製本:	シナノ印刷株式会社
デザイン:	生駒 浩平 (sai company)
表紙撮影協力:	認定NPO法人ACE

本書の無断転載、複写、引用は著作権法上の例外を除き禁じられています。
落丁・乱丁の場合はお取り替えいたします。

ISBN978-4-86562-084-9 C0095 ¥1500E
Printed in Japan
©Sahel Rosa & Natsuki Yasuda